蝶の涙
五大せい子
文芸社

蝶の涙

遠い昔、こんなお話が伝わる村がありました。

人里離れた山々に囲まれた静かな村がありました。

冬が来てうっすらと雪が降り始めたばかりの村の景色はまるで絵に描いたように美しい村に変わるのです。

村人は秋が終わると長い冬を家の中で過ごすのです。

秋の終わりに村には毎年旅芸人の一座がやって来ます。

村人達はそれをとても楽しみに待っていました。

中でも皆が一番楽しみにしていたのは、芸人の容姿もさる事ながら笛吹き芸人の吹くすばらしい音色でした。

芝居が終わり、ある時その旅芸人は、

「ここから見えるあの高い山に一度登ってみよう。
あそこから眺めるこの村の雪景色は実に美しく世界一だと聞いている。
一度でいいから、あそこから眺めるこの村の雪景色をこの目で見てみたいものだ。
きっと今登ればすばらしい雪景色の村を見られるだろう」
と一人呟《つぶや》きながら山を眺めていたのです。

この旅芸人は一日かけて念願の山頂にたどりつきました。
眼下の村を見おろして、
「紅葉に浮かぶ村も実にきれいだ。
雪景色のあの村はどんな風に見えるのだろう…」

もう陽も落ちて夜になろうとしていましたが、何と灯《あかり》がポッンと見えたのです。

「こんな所にいったい誰が住んでいるんだろう」

と不思議に思いながら、その家の入り口の戸をたたいてみたのです。

するとその家から、顔も姿も非常に美しい女性が出て来たのです。

旅芸人は、

「私はいつもこの山の下の村で秋に行われる芝居で笛を吹いている旅芸人です。

この山頂から見える村の雪景色が実に美しいと聞き一度見てみたいと思ってこの山に登って来ました」

その女性の口から、

「間もなく初雪が降るでしょう。

きっとその美しい雪景色を見ることが出来るでしょう。

でもこの家にはあなたをお泊めする様な部屋はないのです。

この主屋の隣りに小さな小屋があります。

そこでよかったら、とどまって、ぜひ美しい村の景色を見ていって下さい」

という返事が返ってきたのです。


それからどの位の日々が過ぎたのでしょう。

山に雪が降り始めたのです。

そこから見える下の村の雪景色は、言葉では言い尽くせない程美しいものでした。

そうしているうちに雪はどんどん降り続き、旅芸人は下山する事が出来なくなりました。

それから何年経ったのでしょう。


ある冬の事。

その女性は旅芸人に言いました。

「どうかお願いです。こんな雪の深い時は、私を一人にして、この住まいの遠くには行かないで下さい」

旅芸人はその言葉にうなずきながら、その日も村の景色を見に行って来ると出掛けて行きましたが、それっきり二度と女性のもとには戻って来ませんでした。

時が過ぎ、ある秋の夜の事でした。

主屋の戸をたたく音がしたのです。

女性は、そっとその戸の隙間から外をのぞいてみたのです。

それは何と、家を出たまま戻らなかったあの旅芸人と瓜《うり》二つの若者でした。

「いったいこの人は誰なんだろう。あの人はこんなに若くはないし」

少し戸を開いて尋ねてみました。

「どちら様でしょうか？」

その男性は言いました。

「私はこの山の上から見る村の雪景色がとても美しいと聞いて、それを一度見てみたいと思って登って来た者です。

しかし、途中で足をすべらせ怪我をしてしまいました。

ここに灯が見えたので、少し休ませてもらえないかと戸をたたいたところです」

たしかにその男性は怪我をしていて、痛々しい様子でした。

その姿を見て女性は言いました。

「この家には私一人しかいません。あなたをお泊めする事は出来ませんが、この主屋の隣りに小さな納屋があります。そこには木の葉や干し草もたくさんあります。きっと寒さを凌《しの》げるでしょう」

男性は、

「ありがとうございます。本当に助かります」

と感謝をのべて納屋で休ませてもらう事にしたのです。

ある満月の夜、月あかりがとてもきれいな夜でした。

美しい笛の音が山々に響き、その音色は何かもの悲しくも聞こえるのでした。


若い男性は主屋の灯がいつまでもついているのを見て、外に出てみたところ、その笛の音は主屋の方から聞こえてくるのでした。

男性は主屋に近づき、戸の隙間から静かに中をのぞいてみたのです。

するとその笛を吹いていたのはあの美しい女性でした。

女性はその笛をしばらく吹くと、うっすらと目に涙を浮かべて奥の部屋に消えていったのです。

次の日の夜、まだ月明かりが残る頃、また何かの音が、かすかに聞こえてきたのです。

男性は昨夜と同じ様に、戸の隙間から中をのぞいてみたのです。

するとあの女性が何とあでやかな衣《ころも》を身にまとい、美しい姿で舞いを舞っているのです。

その美しさはとてもこの世のものとは思えないものでした。

男性は優雅に舞うその姿をしばらく見ていたのです。

やがて山々は薄く色づく季節になりました。

二人の村人が語り合っていました。

「おい、お前も聞いた事があるだろう。

郵便はがき

料金受取人払郵便

新宿局承認

7553

差出有効期間
2024年1月
31日まで
(切手不要)

160-8791

141

東京都新宿区新宿1－10－1

(株)文芸社

愛読者カード係 行

お名前《ふりがな》		明治 大正 昭和 平成	年生 歳
ご住所《ふりがな》	□□□-□□□□	性別 男・女	
お電話番号	(書籍ご注文の際に必要です)	ご職業	
E-mail			
ご購読雑誌(複数可)		ご購読新聞	新聞

最近読んでおもしろかった本や今後、とりあげてほしいテーマをお教えください。

ご自分の研究成果や経験、お考え等を出版してみたいというお気持ちはありますか。

ある　　ない　　内容・テーマ(　　　　　　　　　　)

現在完成した作品をお持ちですか。

ある　　ない　　ジャンル・原稿量(　　　　　　　　　　)

書　名			
お買上 書　店	都道　　　市区 府県　　　郡	書店名	書店
		ご購入日	年　月　日

本書をどこでお知りになりましたか?

1.書店店頭　2.知人にすすめられて　3.インターネット(サイト名　　　　　　)

4.DMハガキ　5.広告、記事を見て(新聞、雑誌名　　　　　　)

上の質問に関連して、ご購入の決め手となったのは?

1.タイトル　2.著者　3.内容　4.カバーデザイン　5.帯

その他ご自由にお書きください。

(　　　　　　　　　　　　)

本書についてのご意見、ご感想をお聞かせください。

①内容について

②カバー、タイトル、帯について

弊社Webサイトからもご意見、ご感想をお寄せいただけます。

ご協力ありがとうございました。

※お寄せいただいたご意見、ご感想は新聞広告等で匿名にて使わせていただくことがあります。

※お客様の個人情報は、小社からの連絡のみに使用します。社外に提供することは一切ありません。

あの山の頂の方から、満月の夜になると美しい笛の音が聞こえてくるだろう。あんな山の奥にいったい誰が住んでいるんだろうか？

行ってみて確かめて見ようじゃないか」

一方の村人が言いました。

「うーん、でもあの山に登って帰って来た者は一人もいないと言われているヨ」

「バカな事を言うな。誰かが雪景色のこの村を見て世界一きれいだと言ったんだろう。

登った人が一人も戻らなかったら、そんな事、村に天使でも降りてきて、村人に伝えたのかい。

大丈夫だヨ、今ならまだ雪も降らないし二人で行ってみよう！」

二人の村人は山頂めざして登って行きました。

朝早く村を出たのですが、すっかり日も暮れてしまいました。

二人は疲れてしまいました。

「おい今日は夜になってしまった。あの灯の見える家に泊めてもらおうではないか」

「今夜はやめよう、こんな夜ふけに訪ねると住人がびっくりするだろうから、あの隣りに納屋のようなものがあるから、今夜はあそこで休んで、明日になったら、あの家を訪ねてみよう。

そうすれば笛を吹いているのが誰かわかるかも知れない」

そう言いながら二人は納屋に入ってみました。

「おい何だか、この納屋には誰か住んでいたみたいだ、木の葉も枯草もあたたかいし…。

まあ、いいか明日になればわかるだろう」

その夜も満月が山々を照らし、美しい笛の音が遠くの山々にまで響き渡っていました。

次の日二人は主屋の戸をたたいて、

「ごめんください」と声をかけてみましたが、何の返事もありませんでした。

再び、

「ごめんください」と呼びかけても返事が返ってこないので、二人は鍵のかかっていない戸を開けてその家に入ってみる事にしたのです。

その二人の目に入ってきたものは腰を抜かす程びっくりするものでした。

一人の美しい女性と若い男性が死んだまま横たわっていたのでございます。

そのそばには笛の入った黒い木箱が一つ、そして美しい衣がきれいに折りたたんであったのです。

二人の村人は顔を見合わせ、

「どうしよう、この二人はいったい誰なんだろう。

村では見た事もない顔だし、村の者ではないようだ。

この若者はいつも村に来ていた芝居で笛を吹いていた旅芸人とそっくりだが…」

「あの笛吹き芸人のはずはないだろう。

あの芸人は三年も前にこの山の崖《がけ》から落ちて死体で見つかったのを、お前も知っているだろうに」

二人の村人は相談して、この死んだ二人を村まで運ぶ事が出来ないと思い、半日かけて主屋の脇に埋葬しようと穴を掘ったのです。

疲れ果て、二人は木の切り株の上で休みながら、山頂から見える自分達の村をしばらく眺めていました。

「雪景色の村を見なくても、俺達の住む村は本当に美しいネ」

と言いながら一休みした二人は遺体を埋葬しようと主屋に入ってみるともっとびっくりしたのでした。

二人の遺体はどこにもなく、黒い木箱と美しい衣だけだったのです。

二人は自分たちの見たものは幻だったのだろうかと怖くなり、雪が降らないうちに早く村に戻ろうと急いで山を下り始めたのです。

すると二人の前を二匹の美しい蝶が近づいてきて、自分達の回りを二度程ぐるぐると回り、名残り惜しそうに山のふもとの方へ消えて行ったのです。

二人の村人はその仲睦まじく舞い飛ぶ二匹の蝶の姿をしばらく眺めていた

のです。

村人は言いました。

「いったい俺達の見たものは何だったのだろう」

一方の村人は言いました。

「この村には昔から〝蝶の涙〟という言葉があるだろう。

蝶は色も姿も美しく、秋まで優雅に山々や野原を自由に飛び回っているけど、冬はさなぎになって冬を越せないから雪の降り積もる冬景色を一度見てみたいと思ったのさ。

蝶は旅芸人の一人言を聞いて、旅芸人についていけばきっと美しい雪景色を見る事が出来ると思ったんだヨ。

命がけで自分の夢を追って苦労する事を〝蝶の涙〟と言うんだヨ」

「うーん、旅芸人は女性と暮らすうちに、きっと女性が蝶の化身だと気づいて山を降りたんだネ」

「蝶は一人残され、村に帰る事も出来ない蝶を若い仲間の蝶が迎えに来てくれたのさ」

「そうなんだ…。

蝶でなくても人も幸せを探し求めて夢を追い続けるけど夢が叶ったらその後は何を探すんだろうネ。

ずっと続く幸せってあるんだろうか？」

「俺にも良くわからないけど、ずっと続く幸せって意外と自分のすぐそばにあるかもヨ。

俺は毎日毎日お菓子造りをして、それを喜んで食べてくれる人の事を思い浮かべて幸せを感じるし、お前も村一番の靴職人だろう、自分の造った靴を喜んで履《は》いてくれる人の事を思う時が一番幸せだろう？」
「いつだって　本当の幸せって何だろうと夢を追い続けるけど　いつまでも
続く幸せってあるんだろうか？
　何でも知っている神様なら教えてくれるかもネ。
でも神様っているんだろうか…」
「いるに決まっているだろう。
　俺達の山々に囲まれた美しい村も、白い雪も、あの満月の月も、あの蝶も
いったい誰がつくって　どこから来たんだろうと思わないかい？
　今頃はあの蝶も仲間と楽しく安心して花の香りのする平原を自由に飛び
回っているだろうネ」

二人はそんな会話をしながら　自分達の住む美しい村に帰って行くのでした。

もう間もなく冬が来て、その村は世界一美しい雪景色の村に変わるのです。

おわり

著者プロフィール

五大 せい子（ごだい せいこ）

1944年11月5日宮城県生まれ。
石巻女子高等学校卒業。
カネボウ化粧品販売株式会社宮城支部勤務経験有。
埼玉県在住。

イラスト：日豆思惟子
イラスト協力会社／株式会社ラポール イラスト事業部

蝶の涙

2023年7月15日　初版第1刷発行

著　者　五大 せい子
発行者　瓜谷 綱延
発行所　株式会社文芸社
〒160-0022　東京都新宿区新宿1－10－1
電話　03-5369-3060（代表）
03-5369-2299（販売）

印刷所　株式会社フクイン

ISBN978-4-286-29092-8